옆구리를 수거하다

황금알 시인선 232
옆구리를 수거하다

초판발행일 | 2021년 8월 27일

지은이 | 김승필
펴낸곳 | 도서출판 황금알
펴낸이 | 金永馥
선정위원 | 김영승 · 마종기 · 유안진 · 이수익
주간 | 김영탁
편집실장 | 조경숙
표지디자인 | 칼라박스
주소 | 03088 서울시 종로구 이화장2길 29-3, 104호(동숭동)
전화 | 02)2275-9171
팩스 | 02)2275-9172
이메일 | tibet21@hanmail.net
홈페이지 | http://goldegg21.com
출판등록 | 2003년 03월 26일(제300-2003-230호)

*이 책은 🌀 광주광역시 ╠╦ 광주문화재단 의 2021년도 지역문화예술육성
  지원사업으로 지원 받아 발간되었습니다.

옆구리를 수거하다

김승필 시집

황금알

버려진 것들의 배후는
참 서럽다.

버려진 것들은 그림자가 길어
자꾸 뒤를 돌아보게 한다.

기억 저편으로 사라진 기억을
다시 불러본다.

햇살 아래 골목 안 풍경
바닥을 짚고 일어서는 중이다.

2021년 처서 무렵
晩休亭에서

김승필

차 례

1부

2부

3부

4부

1부

착득거 着得去

한 달 동안 시詩 두 편에 붙들려
꽃 지는 것도 몰랐다
숨통이 트이고 막힌 것이 뚫려
나는 부자가 되었다
간밤 퉁 소리 내어 고치는 동안
다듬잇방망이 듣는 것 같은 편안함에
활자가 소리가 되길 기다렸다
세상에 나올 생각이 없으므로
차라리 시를 가슴에 묻는다
내 안에 언제 단단한 고통의 항체 생길까
자작自作 나무는 지난여름 내가 한 일을 아는 듯
제 몸에 기록된 모든 기억의 나이테를 천천히 풀고 있다

마늘 옥편

달콤한 향불 피워
뺄까지 다 내주고
조금 떨어져 쉬고 있다

꽁지 붓으로
제 갈 길
일필휘지一筆揮之 더디 갈 즈음

투 투욱,

어느 만치 떨어져 있어야
마늘은 썩지 않는 법
그래야 향이 오래 가는 법

두 시간 넘게
마늘을 까고 나서야
마늘 벌레의 문장을 해독할 수 있었다

외길

0.1밀리 선이 나오려면
붓끝 한두 개의 털로 그려야 한다

숨 한 번 크게 쉬는 것도
눈 한 번 깜박이는 것도
조심해야 한다

아교가 굳지 않으려면
실내 온도는 35도 넘어야 하고
습도는 얼추 90퍼센트 되어야 한다

언뜻 볼 때
몰랐던 것이
천천히 보이기 시작한다

모서리가 만져지지 않던 삶이
다시 각을 세우고*
왼쪽 아래 어금니 뽑아
휑해진 잇몸으로

혀가 자꾸 쏠려 무릎 꺾인 날

나는,
이렇게 지독한 한 길

남들이 제대로 알아주기만 해도
수도승이 따로 없는
0.1밀리 선에 혼을 담는 사경寫經
떠올리겠다

* 박언숙의 「갱년기」에서 빌려 옴.

15

허공 한 채

비닐봉지 하나가 힘없이 떴다, 가까스로
가라앉는다 바닥을 치며 솟구치는 저 비릿한
생 어머니의 다리가 찰칵,
지나간다 금세 홀쭉하다 이 세상에 와서
뭘 버리고 뭘 챙겨야 할지 굽은 등
억눌러, 억눌러 또 버젓이
저 작은 몸에다 힘껏
허공 한 채 심는 중이다

소신공양

나무는
무엇이든 다 받아들일 때
비로소
홀가분하다
이제 막 움튼
날 선 새싹도
젖은 청솔가지 옆구리를 긁고 싶은 거다
나의 시詩도
한때 가출을 감행하고 나서는
도로 그 자리다
정면도 없고 경계도 없다
바라본 자리가 뜨겁다

비꽃을 기다리며

비꽃을 기다려보니 알겠다
누군가를 무작정 기다린다는 것이
얼마나 대책 없는 일인지
비꽃을 기다려보니 알겠다
인생의 반려자를 만나는데 1년 3개월 남았다는 걸
그대의 꿈은 1년 7개월 9시간 후에 이루어진다는 걸
비꽃을 기다려보니 알겠다
세상 그네에 올라 생生의 뿌리를 만지작거리다
언제 착지하면 되는지
처절한 불면의 밤을 지나 가혹한 담금질을 거쳐
언제 나를 절단내야 하는지
비꽃을 기다려보니 알겠다
보이지 않는 몸의 바닥에서 끓고 있는 비명이여!
비꽃을 기다리는 건
적막을 무릎 위에 길게 눕힌다는 것
마지막 한 방울까지 또옥, 똑, 떨어지려는 생
비꽃을 기다려보니 알겠다
비꽃도 마음 상태에 따라 다르게 피어난다는 걸

극락강역

극락極樂, 비아면 신가리라는 데가 광주시 변두리에 있다
차가 쌩쌩 달리는 도로 사이 골목으로 들어가야 보이는
허름한 민가 같은, 가다 또 돌아보는,
이승과 저승의 어디쯤
광주역과 광주송정역 사이, 정녕
문짝 하나 새로 달 수 없는 신가리에
고즈넉한 도심 속 간이역이 있다 한번 가면 돌아오지
않을 극락
빠르게 달려온 그대 가슴 속 궁륭穹窿 같은 세상은,
나를 완전 무장 해제시켜 버린 지 오래
이 역에서 기차를 타면 꼭 극락으로 갈 것만 같다

고통이 절창이다

고통만 한 희망이 어디 있을까
낙타의 눈은 늘 젖어 있어 따로 울지 않는다, 온몸으로
생의 바닥 칠 때 절창絶唱이 나온다

길은 모두에게 다른 말을 건다

마늘을 까며 나는 배운다
후쿠시마와 팽목항에 대하여

사람마다
이야기하고 싶은 타이밍
울고 싶은 타이밍이 다르다는 것

살아남은 자들의 도시,
핵폭탄 그늘 아래서
미안하고 불안하게 살아왔다

가벼운 관계에서는
고통을 이해해주고
제대로 이야기를 들어주는 희망을
기대하지 말아야 하는 법

(·················)

길은 모두에게 다른 말을 건다

화정동 120번지

녹이 텍텍 쪄서 못 쓰겠다, 대문 열고 문간채 지나야
ㄷ자형 한옥 본채가 얼굴을 내밀어 밖에서는 우리 집이
잘 보이들 않제만 은행나무 두 낭구가 하늘 높이 솟아 5
대째 지키고 있으니 우덜 나잇살로 족히 백오십 년은 넘
었을 거여 하동 정씨 문중 오백 년 세거지에 남은 거라
고는 집 한 채 뿐이여 십 년 조금 넘어쓰까, 구청에서 우
덜 사는 디를 노후주택 밀집을 이유로 주거환경개선사
업지구로 덜렁 지정해부렀어 이거는 나라가 지정하고
강제수용을 전제로 헌담서 당시 우덜은 소방도로 생기
는 줄로만 알았제 사업 시행자로 지정된 공사는 여그다
임대아파트를 짓는다는 계획을 세웠제만 부동산 경기
침체와 사업성이 낮다는 이유로 지금까정 사업을 방치
하고 자빠졌당게 재산권 침해 피해는 고사하고 새로 집
을 짓는 것도 보수도 할 수 없당게 주민들 땅 헐값에 빼
앗아 아파트 짓는 것이 주거환경사업이냐, 공사의 수익
이 공익이냐 해도 돌아온 대답은 공염불 공사가 땅을 강
제 수용할 수 있는 근거는 12년 전에 받은 동의서가 전
부였당게 당시 인감증명도 필요 읎고 아무나 대필만 해
주면 그만이었제

헌법 제16조
"모든 국민은 주거의 자유를 침해받지 아니한다."

　포크레인 불도저 굴착기는 당최 우리 집 무너뜨리지
못한당게 오메 머할라고 여그까지 왔능가 이만할 때 그
냥저냥 돌아가드라고

밀랍 표주박 속의 글

고요한 새벽
지리산 천은사泉隱寺 일주문에 귀 기울이면
편액에서 원교圓嶠* 선생 신운神韻의 물소리 들린다
죽을 때까지 절해고도 완도 신지도薪智島를 벗어나지
못한 채
열여섯 해 박을 심고 말리기를 반복하여
그 박 속을 파낸 뒤 또다시
자신이 쓴 글을 집어넣고는
밀랍으로 주둥이를 봉해
먼바다를 향해 툭 던지는
남루하디남루한 하루하루가
그 얼마나 절대 고요한가
나주괘서사건羅州掛書事件에 연루되어
2천 리 밖으로 유배되자
아내 유씨柳氏는 남편이 극형을 받았다는 헛소문을 듣고
목매어 자진했다
필명筆名을 흠모하여 모여든 사람이 적지 않아
너무나 많은 글씨 부탁으로
도망가고 싶을 만큼 여유가 없었던 영어囹圄의 유배지

저, 두만강 부령_{富寧}

숯보다 더 깜깜한,

피보다 더 절절한,

바다보다 더 적막한,

턱 하니 내 마음에 눌러앉아

오래 떠나지 않을 서결書訣**

---

* 이광사(李匡師, 1705~1777) 조선 후기의 서예가 · 양명학자(陽明學者).

**서결書訣: 이광사가 지은 서법(書法)에 관한 책으로, 조선 서예 사상 초유
의 서예 이론서.

헤파이스토스 대장간

남원군 주천면 대장간 화덕에
헤파이스토스 사진 한 장
뜨겁게 닳아 오른 철이 용암처럼 열기를 품어대자 사
내는,
온몸 구석구석 훈장처럼 남은 상처를 뚝뚝 자른다

후비칼 각칼 탈피낫 가위 편자 호미 괭이

— 이봐, 헤파이스토스. 기차 레일 고물 없어?

딱딱 딱딱 딱다다닥

쇠의 마음을 다스리고 또 다스려 혼까지 불어넣기 시
루떡 쌓듯 하루 숨 한 번 크게 돌리지 않고
수백 수천 번의 메질과 담금질에
두 자루 칼을 뽑아냈다, 다마스쿠스*

딱딱 딱딱 딱다다닥

각도가 조금만 틀려도 일하는 사람들은 힘들다 기계망
치는 고장이 나기 전까지는 힘들다고 하지 않는다
　식은 망치질, 칼날은 앞으로 더 때려주어야 한다 그래
야 칼날이 강하고 칼의 바닥이 평편해지는 법

　세상에 단 하나뿐인 도구로 사람의 마음을 따스하게
녹이는 헤파이스토스, 손끝의 압점!

* 다마스쿠스(Damascus): 천 년의 비밀이 담긴 전설의 이슬람 보검.

봉받이

초가을 백로白露 바람 불 때
투가리에 앉은 봉은
두 다리에 젓갈줄이 묶인 채
수알치 손에서 먹이를 채기까지
두 평 남짓한 매방에서 꼬박 스무날을 버티었던가

어지간히 인이 들리면*
꿩 닭 토끼 쥐 새끼까치를 먹다가도
목화씨 대여섯 톨 솜뭉치와 섞어 티를 먹은 다음 날 진
시辰時쯤,
꺼드럭꺼드럭 배를 움켜쥐고 토하는데
솜 색깔이 노랗다는 것은
아직도 내장에 기름기가 꽉 차 있다는 증거

한 이레 밤잠을 설치다가도
매방에 누우면 따라와 가지런히 눕기에
'구구', '주주' 하며 줄밥을 준다
겜질이 끝난 보라매 수지니 산지니
패각牌角 방울 망우望羽 단장구 하면 출격 끝!

봉받이 산정山頂에 벌써 가 있고
"워이 워이 후후후후!"
몰이꾼들 잔솔밭 털며 올라갈 때
꿩이 푸드덕푸드덕 날아오르면
*"애기야~ 꿩 나간다"*는 말,
산 아래를 헤집고 다니던 저 배지기, 정말 예리한 각
도로 낙하지점을 지키고 서 있다, 혼연일체!

재소듬** 내리치기 봉소심***하는 일촉즉발─觸卽發의
순간
"우훅— 우훅—"
파란 하늘에 순간 가로획이 생겼다 사라진다

　　순응馴鷹

매가 사람을 따르게 하는 것보다 사람이 봉의 비위를

맞춰 나가는 것, 면전의 앞산 너머 공을 들이고 또 들이
는 것,

* 인이 들리다: 매가 사람을 두려워하지 않는 것을 말함.
** 재소듬: 매가 꿩을 잡기 위해 공중으로 솟구치는 것.
*** 봉소심: 매가 낮게 깔아서 꿩을 확 채는 것.

경암동 기찻길

아이들이 해 저무는 줄도 모르고
고개를 쑥 내밀며
여기저기, 침목枕木을 세며 걸어가는 길
하루 한두 번 느린 걸음
판잣집 사이를 가르는 길
이따금 덜컹, 덜컹거리며
기차가 지나가고 나면
다시 철길 위에 고추를 널어 말리고
빨래를 냅다 거는데요
잠잠한 바깥이 또 궁금하여
반대편 레일 쪽으로 길게 목을 빼는 일
부드러운 곡선으로
삭아 내리는 어린 날의 가난이
자근자근 씹히는 느린 사람 몇몇을 태우고
터벅터벅 하염없이 기차가
수선집 근처에서
움츠러든 목을 탁, 탁 쳐대며
천천히 다가올 것만 같은
왁자지껄 길손들 넘쳐날 것만 같은,

배꼽

여시 코빼기 언덕 너머 시오리 눈길 걸어 돌팔이 의사
에게 진맥하여 얻은 게 바로 나였다며 늙은 어머니는 두
꺼운 입술을 만지작거렸다 꼭 노루목 올 때쯤 해서 귀찮
게 따라붙은 처녀귀신과 한판 붙고 나서야 비로소 기울
어진 초옥草屋에 도착할 때면 땀으로 멱을 감았다지요

시댁 어른들 아마 모르기는 몰라도……

2부

저랑경猪囊經

새끼돼지 불알 까려면 귀 떨어진 도루코 면도날이 제
격이지 아군이 없다는 것을 눈치챈 녀석이 포기한 순간
그때를 노리는 거야 거세할 놈 돈사豚舍에 엎드려 얌전할
때 한 방에 끝내는 거지 한참 동네 떠나갈 듯 난리 쳐도
소용없어 선홍빛 그것이 밖으로 나올 때를 기다려 야물
게 꿰고 나서 외양간 아궁이 온기 사라진 재로 뒷수습하
면 그만이지

"옜다, 한 점 먹어 봐라.
그래야 아프지 않고 삼동 날 수 있제."

동지 지나 아버지와 협업하는 새끼돼지 거세 작전은
그토록 외롭고 높고 매운 것이었다

별정 우체국

— 손죽열도巽竹列島

　붉은색 전자레인지를 열자 전기세, 전화세, 각종 고지
서가 튀어나온다 버린 것치고는 너무 얌전하게 위풍당
당 시멘트 축대 위에 올려져 있구나, 주저흔처럼

　그렇지, 산다는 것은 아슬아슬 한쪽이 기울어지며 돌
아가는 일 아닌가 몰라, 하* 꼬깃꼬깃한 마음속 파랑주
의보 허공에 꽁꽁 묶어놓고 오래도록 스스로 제 몸을 다
풀어 볼까 전자레인지 우편함에 바깥세상 다스려지지
않는 마음 불끈, 놓고 간다 바람도 쉬어가는 손죽열도巽
竹列島 묶인 목사리를 풀고 내 마음의 별정 우체국에 언제
쯤 호오잇… 호오잇… 명징하니 울려 퍼지는 숨비소리
가득 풀어 놓을 수 있을까

---

*　여수말은 대화 중에 '하'라는 말을 많이 사용하는데, 이는 상대방의 이야기
　에 동의한다는 말이자, 자신이 한 말을 강조하고 틀림없다는 것을 확인하
　는 어조사 격이다.

늦잠
— 여서도麗瑞島

여호산余湖山 지나 노루목 넘어가면
홋개 나루
하늘이 허락해야만
하루에 딱 두 번 배가 뜬다는데
오갈 데 없는 여우 같은 처자 붙들어
토끼 같은 아이 몇몇 슬어놓아
혼자 잉잉거릴 뿐 도망도 못 가네
상투매물고둥 배말 조개 소라 전복 따고
산미酸味 걸쭉한 농주도 만들게 하여
불 지핀 아궁이에서 매캐한 연기 피어오를 때
덥수룩한 수염발과 개개풀린 눈곱을 하고
나 그 처자 무르팍에 벌러덩 눕겠네

삼치 농어 방어에
벵에돔 참돔 돌돔 척척 낚아 올리다가도
소금기 섞인 바닷바람을 맞아가며
두 줄로 어긋나게 돌담을 쌓고
바람길은 열려
밭담 돌 모서리가 뭉텅하기를 억만 기다리겠네

타닥타닥 지네발미역 마르는 소리 묵직할 때
잠시 모든 것을 멈추고 벗어나
이런 때늦은 사랑 하나쯤 품길 바라네

북항

— 詩人 최하림

참꼬막 같은 우이동牛耳洞 독방에 누워
밤새 공포에 떨며
뒤꼍의 우물이 차오르는 소리를 들었다

전남 신안군 안좌면 최호남崔虎男*
신안에서 목포로
서울에서 광주로
충북 영동에서 다시 경기 양평으로
평생 물을 끌어안고서
청년은 울고 듣기를 반복했다

반세기가 번뜩 지나간 어느 해 저녁,**
집으로 가는 길,**
말은 구린내가 진동하는 큰 똥 덩어리**에 불과한 일
이라며
목포 오거리 길다방에서
英一이와 光南이를 만나
비겁을 매질하며 북항으로 걸어간 사내

눈이 큰 洙暎을 닮은 사내가 더덕북어를 메고
눈 속으로 걸어갈 때
발레리와 릴케를 거쳐
프란츠 파농, 표도르 도스토옙스키, 조지 오웰을 호명
하며
아직 붉은 해가 반이나 남았다며
서둘러 퇴근 가방을 챙기며
슬며시 웃는,

갯벌은 철사 빨랫줄처럼
내 눈앞에 길게 펼쳐진다

* 시인 최하림(崔夏林, 1939~2010)의 본명.
** 최하림의 시에서 빌려 옴.

섬달천

여자만汝自灣 갯벌이 허연 속살을 드러내면 섬달천 어매들은 널배를 타고 나가 꼬막을 잡았지요 숱하게 갯벌을 담금질하며 생을 건사해 온 한 걸음 한 걸음 어제의 고통을 날마다 썰물에 지우며 발 디딘 자리마다 깊게 뿌리내린 겨울바람에 물컹물컹 갯벌이 여물었지요

코에서 김이 푹푹 나도록 온몸 끌며 꼼지락거리며 애써 널배에 새기는 오늘의 이력 입에 단내가 나도록 체를 밀고 오다 지치면 하늘 한 움큼 쳐다보기 홀로 장엄하게 무릎걸음으로 부대끼는 고투 앞에 자연에게 받는 것에만 익숙했던 자연산 인간들은 자연스럽게 사는 것이 무엇인지 잊고 살았지요

저 치열하고도 고적孤寂한 작업에 허리 한번 펼 새 없이 드는 물발에 쫓기는 일, 위태로운 걸음을 내디디며 식구들을 먹여 온 어매 파도치는 그 자리에 뿌리를 내리고 한 치 한 치 저를 키우는 뻘 밖의 사람들이 모르는 뻘 속 세상으로의 투신 오래전부터 어매들은 간간 짭조름한 생이라는 험한 바다를 터벅터벅 걸어왔지요

섬달천과 육달천 사이 여자만에 짭짤하고 달짝지근하
면서 쫄깃쫄깃한 참꼬막, 몸의 줄을 바꿔가며 찬바람과
함께 생을 저어가고 있지요 탱글탱글 속살이 찰 때까지

죽방렴

남해군 삼동면과 창선면 사이
손도* 지족해협知足海峽
여덟물에서 열무새
하루 두 번 물살이 센 사리
발쟁이 물 보러 간다
아홉물만 해도 물이 죽는다
이때 겉살은 세도 속살은 약하다
객기신사리가 산짐신사리보다 물살이 더 세다
스무사흘 조금과 여드레 조금은 물때 계산의 필수 고
정점이 된다
학꽁치 까나리 문절망둑 베도라치 주둥치
노래미 도다리 볼락 전갱이 붕장어 멸치 삼치 갈치
수망장 박는 배에서 육지와 어장 사이 왕복하기를 몇
번,
쇠두껍을 씌운 참나무 말목에 메를 쳐 지겁을 판 뒤
성천**을 쌓는 길,
쐐발 사목死目 굽이 있는 부챗살 발통 속 작밭 무슨 엄
숙한 산란장 같다 소등여 저런,
발창부 대나무발 발통 고기 극약 같은 유영을 보라

고정목에 멍줄 꼿꼿함 내내,

조류가 셀수록 육질이 단단하구나, 등판이 홀쭉하다

죽방렴 어부

남해 손도 죽방렴 바닥이 민낯을 보일 때

도다리 가족이 물살 센 날을 골라 어청어청 발창 안을
엿본다

사목 문짝 저절로 여닫히기를 몇 번,

물 깊이가 그리 깊지 않은 바닷가 개펄 발통 안,

갈치 멸치 삼치 가자미 숭어 돔 메기

장어 복어 문어 게 오징어

나는 물때에 들고나는 바다 물살이 바쁘게 움직여

중복中伏 쯤 윤슬을 만들어 내는 적막함 앞에,

물발이 세고 얕아야 고기가 채여 들어온다는 걸 알았다

한밤중 지족해협을 쳐다볼 때면

내 너무 보아

혹여 더럽혀지지 않았을까

가는 고기는 두고, 드는 고기만 잡느니

한창 멸치가 들 때면 오밤중이라도

문득문득 어장에 나가야 한다

양심 없는 세상에 간을 맞추어 삶고 삶기를,

발막 앞마당 죽방멸치

소금에 절은 발로 상형문자를 새기는 중이다

끝말잇기

처갓집 건너 옥상의 숭어 꾸덕꾸덕 말라가는 중이다

추석 명절 하두댁과 둑실댁이 마루에 걸터앉아
치매에 걸린 무림댁
엊그제 세상 줄 놓은 창산댁
췌장암과 투병 중인 도돌이댁
지금 옆에 없는,
생의 모래시계가 자꾸 줄어든 이들과
마음의 그늘 핑계 삼아 이야기꽃을 피우고 있다

뚝배기에 담긴 인생이 참, 뜨겁다

하두댁은 울 장모이고, 둑실댁은 처 외숙모이다

홍어장수 문순득

갯가 사람들은
아들을 낳으면
자기 자식이 아니라
고래와 상어의 밥이라고 생각한다
스물다섯에
일곱 가지 무지개 맛 무럼*이를 사기 위해
태사도太砂島에 갔다가 돌아오는 길
거센 풍랑을 만나
유구琉球 여송呂宋 오문澳門 중국 난징 베이징을 거쳐
우이도로 돌아온 홍어장수 문순득**
조기 간장터 유배지에
손암巽庵 선생 떡 모셔다 놓고
영영 돌아오지 않을 성싶더니만
바다에 나간 지
만 삼 년 하고도 두 달 조금 벗어난 표류 끝에
파도와 바람만 무서운 게 아니라
사람이 더 무서웠다니
혀와 입과 코와 눈과
모든 오감을 일깨워 흔들어버리는 흑산 홍어 한 점에

남쪽 변방 낡은 집 벽장 안에서는
200여 년 잠자던 표해시말漂海始末***이 지금도
한 장 한 장 넘어가고 있다

* '물려서 (삭혀서) 먹는다.'는 의미의 사투리로 뱃사람들이 홍어(洪魚)를 달
리 이르는 말.
** 우이도(牛耳島)에 살았던 어상(漁商) 문순득(文順得, 1777~1847)을 이름.
*** 문순득의 표류 경험담을 그 섬에 유배되어 머물던 정약전이 대필한 한
문 기행록 『표해록(漂海錄)』의 이본.

다순구미*

　연희네 슈퍼 앞 문방구 오락기에서는 테크모 월드컵 98이 불을 품고 지난여름 배달된 빛바랜 유달신문에서는 태풍 곤파스의 이동 경로가 방공호인지 방호벽인지 모를 입간판에 가려 평상 언저리에 걸터앉아 있었다 선물용 통 성냥에 삼선슬리퍼며 '추억의 택시'며 빨강 공중전화 부스가 왼발 오른발 오른발 왼발 하며 제식훈련을 하고 있었다 차양 앞 아이스께끼통 옆에 세일러복 입은 여고생 몇몇

　온금동溫錦洞은 한날한시 젯밥을 차려 늦게 온 새벽을 습관처럼 조금새끼 조금새끼 하며 품어주었다 간판 없는 거리에 새벽이슬은 발등이 차갑다며 아직 사리 물때가 멀었다고 말한다

　본관이 동복同福인지 아니면 해주海州인지 헷갈린다는 木手 오 씨, 한번 지주막하 출혈로 떨어진 뒤 작년 풍어제를 기억하지 못한다며 해 뜨는 곳에서 해 지는 곳까지 달음질하는데, 텅 빈 하늘에 눈을 맞추고 비 오는 밤 흘릴 수 없는 눈물 너무 많아 다듬이 소리 세상모르고 꽃

잠을 자고 있었다 심장에는 개가 커엉 커엉 짖기 시작하
였고 북항에는 노을이 바람의 경전을 읊고 있었다, 벌써
달은 정박碇泊 중이다

* 따습다의 '다순'과 후미진 곳의 '구미'가 합성된 이름으로 '볕이 잘 든 후미
  진 마을'이라는 뜻임.

황태 덕장

용대리龍垈里 바람도리 언덕, 강원도 인제군 북면에 있다
미시령과 진부령 중턱쯤
콧속이 쩍쩍 달라붙은 겨울 넉 달 동안 예순 번 넘게
얼고 녹고 말리기를,
동지받이* 속살이 보풀보풀하고 부드러워
황금색 귀티가 난다
제맛 나는 황태의 7할은 하늘이 만들어 준 것
덕장 일은 하늘과 사람이 동업해야 하리라
내년에 또 써야 할 덕목은
못 대신 끈으로 묶어 고정한다
덕대와 덕대 사이
조리 칸**과 통로 칸***을 만들어
닷새 이상 영하로 내려간 날만을 고르고 골라 하는 상
덕 작업
길쭉하게 처진 저
할복 명태, 육즙이 빠진 입가에
꽁꽁 소리도 안 나는 울음을 토하고 있다
외지 덕주 자리를 꿰찬 덕괘군橵掛軍
강추위와 바람, 적정량의 햇빛 아래

동태에서 황태가 되기까지
가만히 있자니 몸이 근질거려
뭐라도 가끔 하러
덕장에 눈물 어룽거리며 들어간다

* 동지받이: 동지를 전후하여 몰려오는 명태 떼. 알밴 명태를 이르는 말로,
  가장 좋은 명태는 동지를 전후하여 알밴 명태를 지역민들은 최고로 침.
** 조리 칸: 사람이 지나가지 않고 반대편에서 덕장의 현황을 살펴볼 수 있
   는 통로를 이르는 말.
*** 통로 칸: 명태 운반을 위한, 차량이 들어갈 정도의 공간을 이르는 말.

애기동백

― 개도蓋島

1

음이월 오후 한때, 천제봉天祭峰 중턱에서 처음으로 하늘호수 본 적 있어요 두루마리구름이 산의 옆구리를 간질이면 '개도사람길'에 뻘뻘 땀 흘리며 애기동백 피어나지요

2

둥근 해가 입안으로 들어오는 태몽을 꾼 아낙이 덜컥, 겨드랑이에 날개 달린 사내아이를 낳은 게 사달이 날 일 원통하고 폭폭한 일은 가족 모두가 역적으로 몰릴까 봐 아이 발목에 큰 돌을 묶어 먼바다에 내던졌다지요 아이는 바다 위로 솟구쳐 나와 오른손으로 뱃전을 붙잡았는데 깜짝 놀란 아비가 그만 도끼로 아이의 손목을 내리치자 왼손으로 뱃전을 끄으으으웅 붙잡으면서, "오른손이 없는 장수將帥가 무슨 뜻을 이룰 수 있으리오" 환부 가만히 만지며 물속으로 아주 들어갔다지요

3

파파팟, 자신을 쏘아 올렸던가 개도 하늘호수엔 광배

두른 듯 극기의 시간 돌돌 말며 애기동백이 꾹, 꾹, 꾹 꾹, 꾹꾹꾹꾹 생의 바깥으로 젖은 날개를 말리고 있습지 요 솥뚜껑 닮은

개도 하늘호수엔 여태껏 애기동백이 살고 있지요

어느 소나무의 시간
— 석송령石松靈*

마을 어귀 늙은 소나무, 새끼를 치고 그늘 살림 차리
느라 거의 육백 년을 다 쓰고 있다
　주름 우산을 쫙쫙 펼쳐놓은 듯한 수관樹冠은
　가지와 원줄기 사이가 도통 구별이 없구나
　낙뢰를 피하고 잔설 털기 정녕 몇 년이었던가
　나무와 나뭇가지가 서로 붙으면 행운이 온다는 말,
　매년 수세樹稅도 꼬박꼬박 바치면서
　후학 양성 장학금까지 쾌척하는
　세월의 무게 탓에 하늘로 솟구쳐 자라지 못하고
　옆으로 가지를 펼치고 또 펼치기를 그늘 면적 삼백스
물넷 평
　밖에서 봐도 좋지만
　안에 와 보면 수북하게 바람 드나드는 곳간 자글자글
　소백산맥 자락 석평마을 반송盤松 앞에
　삼가 고개 숙이고 싶다

* 경북 예천군 감천면 천향리에 소재한 천연기념물 294호. 높이 10m, 가슴
　높이의 줄기 둘레 4.2m로 장정 세 명이 팔을 뻗어야 안을 수 있는 600년
　이 넘는 수령으로 사람처럼 인격을 가지고 나무 자체가 땅을 소유하고 있
　어 세상에 '세금을 내는 유일한 나무'로 알려져 있음.

간절

산벚나무에 빗방울이 또르르 또르르 떨어진다
山까치가 난다
키 작은 담장에서 민달팽이가 보폭을 넓혔다가 고개를
들었다가
山까치 있는 데를 본다

비렁길 통신
― 안도 둠벙안

함구미盒九味 선착장에서 장지張芝까지 18.5km 비렁길,
나는 직포織浦쯤 와서 얼얼해진 두 발을 위로하고 싶었던
걸까 방풍 방풍防風하며 여섯 시간 꼬박 걷는 동안 침묵
의 언어가 기억하는 분비물까지 품은 안도安島 둠벙안,
여태 한 마리 고래가 물에서 빠져나가지 못하고 죽었다
지요 정치망 어장을 어업조합에 내놓아야 할 궁지에 몰
린 명 씨, 이야포以也浦 몽돌해변에서 한국전 피난민에게
벌어진 참극 너머 바다목장은 우회하는 통로가 아닌가
길은 길에 연하여 가없으므로 나는 오랜만에 이곳에 와
서 거친 파도에 당당하게 불려 나오는 서러운 역사 한
편 아프게 훑고 갑니다, 깎아지른 절벽에 뿌려진 남은
치사량의 낱글자 오래도록 오래도록 붉겠지요

암눈비앗*

두 할머니 무릎 관절염으로 걷기 힘들어 골목길에 죽
치고 앉아 있다 우실** 잔등에 길쭉길쭉 붙은 잎자루 겨
드랑이마다 층층 몇 개씩 돌려 달린 익모益母 같다

한여름 무명옷 올 사이사이 쓴맛이 냇내처럼 쌉쏘롬히
배어들어 가슴 밑바닥까지 돌아볼 수 없어 쩌억 쩍 벌어
지는데 검은머리물떼새 삐삐삐, 뽀삐이요, 삣삣삣 자궁
같은 갯벌 만찬이 제법 근사하구나

오뉴월 꽃게 한 말이면 시집살이도 풀린다는데,

"내 소원이 머언지 알어. 빨리 가는 것이여. 징한 세상
살았제, 참말로" 참말로

고개를 처박고 수없이 휘저어야 먹이를 잡을까 말까
하는 저어새의 부리 젓기처럼 정녕 뒤를 제대로 돌아볼
수 없는 돌담 옆구리에서 시퍼렇게 세상 산부産婦와 어머
니들을 이롭게 하였느니……

---

* 네모난 줄기와 부드러운 순, 꽃, 잎, 열매 모두 하나도 버릴 것 없이 약으
   로 쓰인다는 '익모초(益母草)'의 다른 이름.
** 마을의 울타리를 이르는 말.

3부

사월포 파시

　두모리 병업씨는 네 가구가 농사를 지으며 사는 사월
포沙月浦로 열여덟에 장가들었다지요 사월포에서 상장구
지 코뱅이섬까지 이어지는 바다에 삼천여 척의 배가 모
여들 때면 손으로 떠서 갈나무를 삶아 물을 먹인 명주
그물이 그만이었다지요 사월포에 부서 파시가 시작되면
대여섯 가구와 목포 사람들이 차린 선술집이 마련되었
는데 선원들이 술을 먹고 술값이 없어 잡혀 있으면 선주
가 와서 대신 갚아주기도 했다지요 고기잡이 나가면 배
에서 밥을 해 먹었는데 마을 여자들이 동이에 물을 이고
가서 팔았다나요 부서 파시가 끝날 때면 병업씨는 다시
강달어잡이를 나갔다지요 그 옛날 독살이 서너 개 있을
적에는

독살

어란리於蘭里, 속살이 파고들던 바람 끝이 무뎌질 때쯤
나는 쑤기땀에게 묻는다 가슴에 갯바람을 맞아야
뻑적지근한 몸이 풀릴까
작은 돌을 큰 돌 사이사이 끼워 넣는 주름 많은 작살,
반달 모양의 임통, 그리고 캄캄한 밤
날이 푹한* 데다 마파람까지 불면
숭어 동어 멜 농어 껄떡이 전어 대미 광어 뽈락 우럭
쑤기땀 이곳저곳에 잇자국들이 선명할 것이다 앞이 잘
보이지 않는
물이 특한**사리
한없이 배고프다 사방, 달아걸고 싶을까, 기웃기웃
손님처럼 둘러보고 가는 불 꺼진
미황사美黃寺 둘레길 달마고도

* 날이 푹하다: 여름에 날씨가 덥고, 습한 날을 이르는 말.
** 물이 특하다: 바닷물에 구정물이 일어나 물이 흐린 경우를 이르는 말.

미역섬

　물들기 전 이 섬을 빠져나오는 저 사람들 몸동작이 느릿하다

　본섬에서 가장 멀리 떨어져 한 해 넘어 두 해 넘어 눈이나 감으면 잊을까 맹골수도孟骨水道에 남편 갖다 바치고 아들 소식 끊긴 지 석 삼 년이라

　다리도 아프고 숨도 차고 모진 목숨 아니 죽고 살려니 고생이라 비빌 언덕도 없이 격랑激浪을 건너고 또 건너,

　동춘서커스단 단역처럼 내내 말 없다 쿵, 등짐 부리며 저 할머니 "몸써리난다 몸써리나, 참말로" 정녕

　바람 속에는 이 세상을 살다간 사람들의 목소리가 살고 있구나, 마음은 죽어도 몸은 죽을 수 없는 할머니 넷

개양할미*

단애 절벽 수성당水聖堂 여울굴에
한 할미가 굽 달린 나막신을 신고 매일 출퇴근한다
작년 그러께 없던 칠산어장 길 한 가닥 무슨 얼레처럼
발쪽발쪽 들썩대며 킬킬거린다
오래전 이미 이 곰소 앞 게란여의 위험수위나 서해 바
다의 격랑까지도 죄 잠재웠는지,
담금질한다 담금질하고 또 몸뚱아리를 처박는다 연속
으로 들이닥치는 눈보라, 비바람 몰아치는 세월 시퍼렇
게 오래오래 박힌다
적벽 앞바다 섬, 큰놈 작은놈 한꺼번에
꿈틀거리다, 마른 뼈다귀 같은 비애가 그만 똑 떨어진다
별로 다를 바 없는 절절한 삶 앞에 할미의 촉수가 콕
콕 콕 뻗친다

---

* 개양할미: 부안 격포 채석강 용머리에 있는 수성당 할미로서, 변산군도 전
체의 해역을 관장한다. 딸 여덟 명을 낳은 뒤 일곱 딸은 각 도에 시집보내
고 막내딸을 데리고 산다. 쇠 나막신을 신고 서해를 걸어 다니면서 깊은
곳은 메우고 위험한 곳을 표시하여 어부들의 뱃길 안전과 풍어를 돕는 해
신으로 정월 초사흗날 지역 주민들의 제물을 받는다.

중노두露頭*

썰물이 되면 깊은 개펄로 웅크리고 울다가, 들물이 되면 참 속 터지게 가로막혀 하루하루 수장되는 바닷길,

박지도朴只島 젊은 비구와 건너편 반월도半月島 젊은 비구니 망태기로 개펄에 돌을 날라 길을 만든다 이거, 도저히 안 되겠다 싶은지 중늙은이가 된 둘은 후다닥 바다 한가운데서 만나 들물이 시작되어 되돌아설 수 없게 되자 부둥켜안은 채 저, 바닷물 속으로 잠겨 들어갔다 에라, 사람들은 발만 동동 구르며 합장한 채 옴·마·니·반·메·훔· 옴·마·니·반·메·훔· 경經만 읊으며 지켜볼 뿐

다시 물이 바뀌어 썰물이 되었을 때 양쪽 섬을 연결하는 길고 긴,

노두만 죄 풀려나온다 달이 뜨고 이지러질 때마다 물을 잡아끌고 밀기에 노두는 결국 하루에 꼭 두 번씩 물에 잠긴다

장산곶 마루에서 남해까지 걸쳐 있는, 아니 압록강을 휘돌아 발해만을 거쳐 황하, 장강의 하구를 돌아 하노이 하구로 회유하는 환황해環黃海의 물길, 헤테로토피아!

지게 작대기를 들고 아버지의 아버지들, 어머니의 어

64

머니들 못다 이룬 사랑, 썰물이면 푹푹 빠지는 개펄에
돌을 놓아가며 싸드락싸드락** 섬과 섬을 건너고 있다

* 노두露頭: 갯벌 위에 징검다리 돌을 연결하여 섬과 섬을 이동할 수 있도록
  만든 돌길.
** 싸드락싸드락: '천천히, 세월 가는 대로'를 의미하는 해남 말.

육소장망六艘張網*

　정월 보름 무렵 시그리**를 내는 숭어가 잘 다니는 길
목에 사개를 친 후 물살이 조금 빨라지는 다섯물에서 열
세물, 동풍 부는 날 새벽 다섯 시쯤 망루望樓에 올라 붉은
빛의 숭어 떼가 어구 쪽으로 몰려듦을 직감한 어로장漁撈
長의 "봐라" 첫마디에 초긴장 어장 안으로 들어간 숭어
떼가 빠져나가기 전 "해라" 일갈에 밖목선의 좆대를 재
빨리 빼는 작업에 안목선도 함께 그물을 들어 올려 어구
를 막아 고기가 빠져나가는 것을 막기에 밖장등, 안장
등, 밖귀잽이, 안귀잽이 나머지 배들도 어로장의 "같이
해라" 포효에 첫째바***에서 이물무상****에 이르기
까지

　지금도 벼릿줄을 회똑회똑 일사불란하게 들어 주고 조
아 주면서 씨부럴,

　심호흡 크게 한번 할 참에, 거뜬히, 숭어들이 해낸다

---

* 숭어가 들어올 만한 물목에 그물을 깔아두고 기다리고 있다가 망대에서
　망수가 물 색깔과 물속 그림자의 변화로 숭어 떼를 감지해 지시를 내리면
　재빠르게 6척의 목선에 탄 선원이 그물을 끌어 올려 숭어를 잡는 전통적
　인 어법으로, '숭어들이', 또는 '숭어둘이'라고도 함.
** 시그리: 달빛에 고기 비늘이 반사되어 생기는 빛.
*** 첫째바: 배와 고물(꼴)에 연결된 첫째 줄을 잡아당기는 사람.
**** 이물무상: 배의 앞인 이물에 위치한 선원.

와락

어미 소 물 먹이러 가는 길목에 늦은 점심을 하고 꺼이, 꺼이 트림하는 유혈목이 노상 만나는 여름이었다

저 멀리 위토답 상단에서 들려온 뻐꾸기 초경 소식에 화들짝 당숙모 생리대 말가웃 뻐억, 꾹 닮은 여름이었다

몸을 뒤척인대도 한나절 걸리는 매바우산 곳간 위패 너머 지독한 가난 너어덜, 입을 헹구는 여름이었다

삼거리 점방을 간대도 눈 찔끔 감고 후다닥 줄행랑쳤던 상엿집 초사흗날 거미줄 푸욱, 푹 꺼진 여름이었다

나이 덜 먹은 당산나무 고샅 걸걸한 목 훼엥, 횡 풀어 아직 건재하고 있는 여름이었다

뜸부기야! 너 아직 뭐하고 있느냐 논고둥 물어가지 않고 무논 위에 떠다니는 논고둥 가슴만 동동거리는 여름이었다

틀니

세상일에
분이 나
이리 치이고
저리 치여도
잠시 돌아볼 수 있다면
다행이다

늙은 어머니의 이도
십 년 동안
오지게 부려먹었으니
고장 날 만도 하지

곁을 내주는 일은
거룩한 일이다

양주가
두 손 꼭 잡고
가까이도 멀지도 않게

동네 치과에
가신다는 것을
모른 체해도 되는지 몰라

"에끼, 호로 쌍녀르 새끼!"

자반고등어

고집 센 아버지

아들이 있는 게 좋을까

시골에 내려온 날

가만히 아버지 옆에

같은 방향을 한 채

가슴에 두 손 얹고

같은 꿈을 꾸었다

따뜻한 허기

세 해 만에 고향에 내려갔다
띄엄띄엄 전화벨 소리가 들렸다

– 나, 금방 이러다 죽겄다야

혈액암을 앓고 있는 대광댁은 울고 또 울고

– 언니는 참말로 머언 말을 그리 허시까 이 그럴수록
맘 단단히 잡수쇼 이잉 난 언니를 엄니로 알고 컸는디
또 그러신다

– 나, 오래 못 살어야

도창댁은 위로하다 울고 또 운다
자매간의 대화가 참 애잔하다

대광댁은 임자 이모이고 도창댁은 울 엄니다

* 임자 이모님(박○임 여사)은 2015년 4월 7일 혈액암으로 소천하시었다.

허들링

남극 크레바스 아빠 황제펭귄, 도통한 스님 같다
영하 사오십 도의 세찬 눈보라 속에
두 달 동안 단 한 끼도 먹지 않고
바깥 주위를 뱅뱅 돌면서
두 발 위에 알을 얹어 굴리고 굴리기를,
사방 벽이 철근처럼 딴딴하다
그러니 쇄빙의 염려 없겠다 천적 제비갈매기 바다표범
자이언트 패트롤이 동틀 무렵 호시탐탐
그렇게 하루, 한 주일, 한 달, 넉 달이 갔다
갓 태어난 새끼를 위해 위벽에 소화를 미뤄둔 채 저장
해 온 펭귄밀크를, 꾸룩꾸룩
어깨와 몸을 연신 움직여가며 키우는 부성애 앞에 할
喝!
참 미안한 마음으로
삼가, 한 새끼 덥석 안고 싶다

닭싸움

씨왓붙임 똉 싸움닭끼리 싸우게 하여 승패를 가르는 놀이의
제주도 말. 싸움닭은 일년생을 제일로 치며, 뱀·
미꾸라지·달걀 등을 먹임.

쇠발톱에 찍혀 씩씩거리는 이방인의 적의를 보라
잉걸불처럼 타오르는 저 눈
허공에 몸을 띄운
근육의 내밀한 긴장*
앞치기 하자마자 일순
뒷치기, 빙빙 돌다가 연방
턱치기, 턱 밑 물고 늘어지는 주둥아리들
스프링처럼 튀어 오르기 위해 감았다 편 날갯죽지

볏 시울 속 얼기설기 뒤엉킨 야생의 붉은 광장에 노려
본다, 날아오른다, 친다, 고개를 쳐든다.
겨우 몸 붙잡고 컥 컥컥 컥 컥컥 컥 컥 비틀거리다가
궁륭穹窿에 굳은살 박고 있는 싸움닭 둘

둥우리 밖 구경꾼들 떠난 자리에
스파크 자국 울긋불긋한 하오下午

* 김사인의 「새」에서 운을 빌려 옴.

73

팽나무

부뚜막 왱병*에 저녁놀 일만 이천 발

마른장마 입 축인 매바우산

비금도飛禽島에서 시집왔다는 증조할머니

김해 김씨 문중 선영에 한사코 들기를 이 악물고 버틸 때

분계分界 오십 년 해송 알몸으로 뒷짐질 때

어디선가 낯익은 전어 떼들이 툭툭**

낮고 차가운 해수 꼬리뼈 살짝

우리들 맨살의 종아리며 발가락 뭉텅 깨물고 돌아섰지**

이럴 때 김해 김씨 문중 선영에 주무시던 어른들 봉분

뚜껑을 열고 하나둘 걸어 나오신다

* 앵병: 부뚜막 위에 놓인 가전 식초병인 '앵병'의 전라도 사투리.
** 최금진의 「잉어떼」에서 운을 빌려 옴.

안반데기*

해발 천 미터가 넘은 가파른 산비탈을 자세히 들여다
보니
아, 겨우 알겠다
멍에전망대 아래 고랭지 배추밭 조각조각 다른 옷을
입고 있는 게 아닌가
희뿌연 안개가 마을을 뒤덮어 한 치 앞도 볼 수 없지만
척박한 땅 일궈 안반데기를 지켜온 사람들
하나둘 다시 일어날 때
초록 융단이 바람에 꿈틀거린다
운유雲遊길, 구름 위를 걷는 듯
숨을 헐떡이며
침도 꿀떡꿀떡 삼켜가며
고개를 몇 개나 넘었느냐
배추밭 고랑으로 들어선 순간
아찔하다 내게도 지그재그 오르막길에
귀가 먹먹한, 몸이 휘청거리는,

급경사急傾斜가 있다

산정山頂에 돌과 흙과 바람을 일군 화전민들의 오체투
지가 끊길 듯 이어지며 톱날처럼 콕. 콕. 콕 박힌다

* 떡메를 칠 때 받치는 넓은 나무판인 '안반'을 닮았다는 언덕('덕')을 이르는
  '안반덕'의 강릉 사투리.

점묘

쌀을 씻어 안치는데 아이가 종이컵을 내민다
형광등을 켜고 보니 부러진 날개 한쪽이다
철 지난 과학동아에서 보았는지 아이는 뿔나비나방의
날개일 거라 한다
뿔나비나방 근처에도 안 가 본 나는
수없이 닻을 올렸다 내린 지난날의 불안한 휴식을 떠
올려 본다

뻥 뚫린 날개로 지─직 지─직
녹슨 난간에 매달린 채
에어컨 실외기 위에서 유지매미가 운다

나는 녹색 테라스 위에 쭈그리고 앉아
눈이 큰 아이와 떨어진 깃털을 주우러 떠난 한 여자를
생각한다, 회똑회똑

돌이킬 수는 없지만 휘면 온전할 수 있다*는 것에 대
해 이번 생은 보아도 보이지 않고, 들어도 들리지 않고,
잡아도 잡히지 않는 수취인불명이 될 수도 있다는 먹먹

함, 위턱구름 밀어낸 햇살 같은 생활에 대해 누구도 아
픈 것 때문에 아프지 않기를 바란다**

　　헐거워진 단추를 채우지 못한 매미는 여태
　　발기되지 않는 삶의 바깥으로 손을 뻗고 있을까
　　적막이 감도니 오늘은 어제보다 더 많이 울겠다

*『도덕경』제22장에서 운을 빌려 옴.
** 조한진희, 『아파도 미안하지 않습니다』(동녘, 2019.)에서 따옴.

감천2동

오리목 숲, 천마산과 옥녀봉 사이 까치떼
녹갱이 가루로 끼니를 때우고 있다
아침마다 줄 선 공동화장실
물이 귀해 명절 아니면 발도 씻지 못한 채
골짜기에 밤새도록 물 푸는 소리 달그락달그락
마을 전체가 남쪽으로 바다를 바라다보는
가로세로 골목길 계단형 소형 주택
먹고살기 힘들어 목을 쭈욱 빼고 있는
앞집 담이,
뒷집을 가리지 않게 한번 숨을 고르고
하늘마루 아트숍 감내어울터 작은 박물관
감내맛집 입주작가공방 다목적 광장 화혜장 전수관

속도의 경계를 뛰어넘어 분배의 가치가 공존하는,

"꿈을 꾸는 부산의 마추픽추"
"미로 미로美路迷路 골목길 프로젝트"

모든 길은 다 통한다 감천2동,

여기저기 독거노인들만 바글바글 바글바글
칠십 년 전 늙은 어머니의 외가다

햇살 아래 골목 안 풍경 여럿
한 올 한 올 몰려나와 자지러지게 웃는다

4부

섬

광산구 삼도동 내기마을과
노안면 양천리 금동마을
그 사이
황토밭,
광주와 전남에 걸쳐 있다

이 마을은 광주광역시장과 광산구청장을 뽑고,
저 마을은 전남도지사와 나주시장을 뽑는다

고사리 처형

연둣빛 고사리밭, 까투리 소리 컹, 컹, 컹 때 이른 오월 뒷동산 골짜기 따라 찬란하게 넘어가고

여린 순은 이틀을 넘기면 안 된다며 비탈길에 무더기 무더기 피었다

고사리 눈이 어두운 자들은 가위에 눌려 마당에 돌봐야 할 자식들을 생각하느니

지리산 비탈길에 탕, 탕, 탕, 탕 뭉툭한 손끝에 그 사람이 살아온 이력이 고스란히 남아 있다

산곡山谷

마루 끝에 앉은 노을
활강 중이다

풍경 그득한 마당
탱탱하게 나를 잡아끈다

저녁 찬으로
눈 뜨고 따라오던 기억들

밤은 깊고 아득하여
와락 거둘 수 없다

덕산 양조장

구순을 훌쩍 넘긴 술독에서
막걸리가 보글보글 끓고 있다
갓 쪄낸 포슬포슬한 지에밥에
강바람이 술독을 뛰어넘는다
한 바가지 밑술을 퍼다 삭히는
저, 익명의 생
천장의 왕겨가 술을 마신다
끄떡없다
막걸리 말통이 나와 섰다, 천천히
톡 쏘는 맛은 온데간데없고
입안 가득 씨주모*가 요로코롬 살아 있다

* 씨주모: 술의 어미로 '밑술'을 이르는 말.

홍시와 사귀다

아무도 없는 현관에 불이 켜진다

택배를 받은 다음 날부터 하나둘
대봉이 무르기 시작한다
하염없이

건들면 터질 것 같은
저 야윈 실핏줄들

자고 일어나면
또 몇 개씩 물러 있다

덜 익은 곳을 걷어내고
끈적한 손으로 무른 곳을
먹어치운다

한 상자 홍시를
단번에 해치우겠다는 것은 욕심

세상일도 기다림이 아니고야
속울음 삼킬 수 없다는
생각

이제 막 동안거를 끝낸 스님들
우르르 우르르
하산하는 중이다

효과구속*

최고 구속 132㎞ 언저리, 가장 느린 공 74㎞ 뿌려대는 저 왼손 투수

오늘도 여전히 씩씩하게 느린 공을 자신 있게 던지는 중이다 공 끝에 제법 힘이 있어 커브도 끝까지 회전이 살아 있어 체인지업 각이 예리하다

초구는 속구를 노리는 타자에게 혼란을 주는 안쪽 체인지업, 2구는 결정구를 위한 셋업 피치, 3구 승부구는 몸쪽 속구가 들어오면 꼼짝없이 루킹 스트라이크!

눈에서 멀어지는 공은 점점 느려 보이는 타격 퍼즐

느린 공은 더 느린 공 다음에 날아올 때 실제보다 빠르게 느껴지는 법 0.2초 안에 공을 칠지 말지 결정할 찰나, 배팅은 타이밍, 피칭은 그 타이밍을 빼앗는 것

포수 미트에 꽂히는 공, 느리다고 살살 던지는 것 하나 없다 선발로 백 개 던지면 백 개 모두 전력투구다

가장 느린 공으로 가장 오래 마운드에서 버티는 비결秘

訣, 일점집중 효과구속效果球速

한 이닝이
참
커다란 심호흡 한 번이다

* 효과 구속: 스피드건에 찍히는 물리적 속도가 구종과 로케이션에 따라 타자에게 어떻게 달라 보이는지를 정리한, 볼 배합에 따른 구속.

번아웃 신드롬*

방안의 등불 하나 묵은 어둠을 쓰다듬고 있다

오른손 주먹으로 왼쪽 어깨에서 팔꿈치까지 몇 번 위아래로 툭툭 두드려 본다

― 어머니, 한여름 수수깡 바자울에 올린 호박 넝쿨이 깜짝깜짝 놀라면서 뒷걸음질 쳐 애호박 한 덩어리 제때 열지 못한 채 두꺼운 각질을 뚫고 나오려고 해요

한낮의 햇귀를 쐬지 못한 냉기는 마룻바닥에 고여 퉁, 퉁, 돌고 돌아 새벽잠을 차지게 먹는다

다발성 척추 협착증에 그만 허릿골이 저려와 불기 없는 바닥에 드러눕지만 등이 서늘하다

뒷목은 뻣뻣하고 다리도 나뭇등걸처럼 굳어져 통점痛點이 사라진 지 오래

건기에 별의 무리가 깊은 잠에 빠져 어슴푸레 깜박일

때 어둠에서 깨어난 새벽은 숨이 차오르는 병까지 얻어
고양이걸음을 걷는다

* 번아웃 신드롬(burnout syndrome): 의욕적으로 일에 몰두하던 사람이
  극도의 신체적·정신적 피로감을 호소하며 무기력해지는 현상으로, '다
  불타서 없어진다(burnout)'고 해서 소진(消盡) 증후군, 연소(燃燒) 증후군,
  탈진(脫盡) 증후군이라고도 함.

거북과 플라스틱

열대 바다에 연둣빛 거북이 살았다
어느 날 사람들이 플라스틱 쓰레기를 버리고 또 버렸다
올리브각시바다거북이
쓰레기 그물에 몸이 걸리고 엉켜 죽었다
지난해 여름, 몇 주 뒤
백 마리, 또 삼백 마리……
사람들은
햇빛이 만들어 낸 실금이 아른거리는 바다에
게와 새우 대신 올리브 열매를 띄엄띄엄 보내 주었다

남방큰돌고래

　제주특별자치도 구좌읍 연안 남방큰돌고래 한 마리가 등에 무언가를 얹혀 부지런히 물 밖으로 나왔다 들어갔다를 반복하고 있다 그런데 녀석의 행동이 참 이상하다

　새끼는 꼬리지느러미와 꼬리자루만 남기고 몽땅 몽그라졌구나 물속에 가라앉으면 죽음을 인정해야 하는지, 네기럴

　제 몸에서 새끼의 사체가 떨어지면 꼭 제자리로 돌아와 새끼를 주둥이 위에 얹거나 등에 업어 유영하는 저 하염없는 애착 행동이 힘껏, 빠져나온다 쯧,쯧,

　순간 아홉 살 아이를 여행용 가방에 가둬 숨지게 한 끔찍한 계모 사건이 중첩된다 썩을 놈의 슬픔,

　어미 돌고래 'JBD085'

　죽은 새끼를 업고 무리의 개체를 지키기 위해 포기할 수 없었던 열나흘 밤의 파편, 여기저기 빼곡하다

진경珍景

　천국보다 가까운 플로레스 와래보 마을 망가라이족이 일일이 손으로 따낸 화산지대에서 자란 커피콩도 한 시간 남짓 살이 벗겨지는 햇볕을 받아야 진정한 향을 품을 수 있다 골목길 꼬불꼬불한 저 끝, 쌀 한 톨만 한 하루가 저당 잡힌 채 익어가고 있다 대단한 소화력이다 기실 무슨 일이든 시간을 따박따박 쟁여 두는 것, 천국으로 난 길이 시퍼렇게 아가리를 벌리고 있다

　내가 엎질러놓은 진경珍景 내가 엎질러놓은 진경珍景

책임을 다하다

　주차 전쟁이 치열한 골목길, 낡은 의자 하나 긴 끈에
몇 날 며칠 그대로 묶여있다 한때 등받이며 팔걸이도 있
었을 의자 장대비를 맞아도 끄떡없다 오도 가도 못하면
서 정말 측은하게 바라보는데 한마디 투욱, 쏜다

　— *하루 24시간, 1440분, 86400초*
　시방 주인님 자리 찜하고 있는 거야

　의자 아닌 의자, 걷다가 그만 왁 그악 와악, 비켜라!
비켜라! 하는데 댓잎 같은 기러기 발자국 흔적조차 느낄
수 없는 이 골목 저 골목에 낡은 자존심이 버언히, 우뚝
선다

습관의 힘

코로나19, KF94 마스크, 사회적 거리 두기
콜센터, 줌바댄스, 신천지, 팬데믹, 재난기본소득……

나는 양치질을 먼저 하고 샤워를 하는데
아내는 샤워를 먼저 하고 양치질을 한다
때로는 생각 없이 사는 게 더 좋을 수도 있다

지금 내게 단 하루만 주어진다면
둥근 밥상에 김치 숭덩숭덩 썰어 올린
돼지고기 두루치기와 대면하리

습관이라는 건
시간을 순서대로 배열하고 통합하면서
생활 리듬과 양식을 따박따박 쟁여가는 것*

착한 습관의 힘 앞에
햇살 엎질러진 세상도 잠시 잠깐
몸에 밴 오랜 시간의 흔적
언제 돌아갈 수 있을까

* 빌리 엔 · 오르바르 뢰프그렌의 말.

수원청개구리*

논 한가운데서
벼를 붙잡고 노래하면
그건 영락없는
수원청개구리다

윙– 윙–

바깥의 차가운 물이
찬물받이**에서 덥혀진 뒤에
등목을 타고
조금씩 조금씩 논배미로 건너온다

단단한 지지대가 없는 중심에서
밀려나는 것은
가혹한 일이다

* 환경부 지정 멸종 위기종 1급 양서류로 세계적으로 경기도 파주를 비롯한
  우리나라에서만 서식하는 희귀종. 몸길이는 2.5~4cm로 우리나라에 사
  는 개구리 중 가장 작음.
** 늘 찬물이 솟아나거나 흘러들어와 괴어 있는 논배미를 이르는 말.

게
— 大鄕 이중섭

　망망대해도 아닌데 섶섬과 문섬 사이 돛단배 한 척 지나가고 있는데 씨름판의 큰 게가 거품을 물고 다가오는 게와 한판 싸움이라도 벌일 듯한 일촉즉발 저기, 작은 게는 작은 게끼리 큰 게는 큰 게끼리 서로 뒤엉켜 있네 물가에서 막 씨름판으로 올라와 무슨 숨바꼭질이라도 하는 것인지 대체 게들이 왜 저러나? 이렇게 막무가내 몸을 엉기듯 따라오면 저절로 옮겨가는 발은 또 어쩌라는 것인지

　씨름판 밖 한 마리 게를 잡기 위해 사력을 다해 집게발을 서로 끌어당기는 두 아들에게 관심이 쏠린 대향大鄕과 아내 야마모토 마사코 그러나 하늘로 솟구쳐 올랐다가 저기, 다시 모랫바닥에 철퍼덕 떨어지는 순간 "배가 고파 게를 너무 많이 잡아먹다 보니, 그것이 또 미안하여 게를 그리게 되었다"는 대향의 말에 다른 게는 당황한 듯 두 집게를 세울 뿐,

　생각했던 대로 그림이 잘 그려지지 않으면 종이를 뭉쳐 창밖으로 내던지기를 수백 수천 번 원산에서 서귀포

까지 섬, 물고기, 아이들 데리고 무장공자無腸公子, 추월당
하지 않으려고
　　앞으로,
　　앞으로만 나아간다

도대체 누가 외박할 참여?

화물차 하는 사람들은 어지간한 자기 집이 있다는 말 못 들어 봤것지유? 이십삼 톤 짐 삼백 킬로 넘게 옮기고 받는 돈이 고작 사십오만 원밲이 더 되어?

내 일터는 전국이여 화물이 있는 곳이면 어디든 달려가는 거여 원하는 방향으로 화물이 나오지 않으면 지달리는 수밖에 읎더라 이게여

밤낮이 바뀌고 한 달의 절반은 외박을 혀 집 근처로 가는 화물을 찾지 못하면 어쩔 수 읎는 겨 대신 외박이 많으면 마음은 가볍잖유 적어도 일감이 있다는 소리여

화물차 일의 시작은 기다림 그뿐이유 오후까지 일을 따내지 못하면 초조함은 배가 되는 겨 그래서 화물차 일을 두고 '기다림 반, 운전 반'이라고 허잖여?

친지 경조사 챙기는 건 애당초 포기여 날짜나 요일 개념도 언제부터인가 쪼매 사라졌더라 이 얘기여

어떤 화주貨主는 약속 시간보다 늦었다고 한 시간 가차
이 모욕을 주기도 안 했남? 야들 분웃값이 아쉬운 게 속
상해도 참구 전디야지 값 후려치고 대놓고 과적을 꾸미
는 것 같어 맘이 안 놓인다 이거요?

말두 못 헐 작것들 목적지에 이를 때까지 단 한 번도
차를 세우지 않아야 헌대유 그러니 도대체 누가 외박할
참여? 이런 숭헌

붉은머리오목눈이 청년

탁란托卵, 이제 막 집을 짓거나 이미 알을 품고 있어도 안 되는 것 뻐꾸기, 둥근 하루해를 땅강아지로 원기 회복하고 재빨리 남의 집에 알을 하나 없애고 제 알을 낳는 중이다 깨어난 지 이레쯤 둥지 안의 알과 한창 부화 중인 새끼들 제 다리와 날갯죽지로 잔뜩 힘을 주어 둥지 밖으로 밀어내는 생존 전략, 후진 또 후진이다 붉은머리오목눈이 어미 덕에 별일 없이 산다 파렴치하지만 별일 없이 산다

홀연 뻐꾸기 유조留鳥에게 청년의 먹이사냥이 촉발되는 연유가,

붉은머리오목눈이 한 마리 연장통에서 일착 윤도판輪圖板을 꺼내 집터를 잡고, 먹솜칸과 타래칸을 정비하여 팽팽히 먹줄을 당기고 연귀자, 그므개로 마름질하는 고집불통, 자르고 깎고 부리로 파고 쪼아 치고 다지고 가는 정교한 고공 작업, 탄성 좋은 거미줄도 한몫 거들기

청년은 꼬박 열이틀 밤과 낮을 바꿔가며 치대는 건축

술을 내게 보여주었다

비행飛行

헤아릴 수 없는 속정 들썩들썩, 한번 떠난 어미 새는
다시 돌아오지 않는 법 아직 어리기만 한 아기 뻐꾸기
입에 재갈을 물리고 물리는 중이다

목을 감는 일

우리는 종종 추상적인 통계와 무심한 정책 논쟁으로
다루곤 하는 국경 위기 속 인간의 현실을 본다*

두 살 난 발레리아가
스물다섯 살 아빠 오스카르 라미레스의 목을 감싼 채
리오그란데 강가에 머리를 묻고 어푸러져 있었다

아침 출근길
우리 아파트 세 살배기 쌍둥이 여아가
엄마 뒤를
되똥되똥 가방 메고 갈 무렵이었다

가족은 더 나은 삶을 위해 모든 것을 걸었다**

* 미국 CNN방송 뉴스(2019. 6. 27) 논평.
** 멕시코 일간지 《라호르나다》의 훌리아 레두크 사진기자의 말.

해설

시간의 의미와 기다림의 가치
― 김승필의 시 세계

권 온 (문학평론가)

　김승필의 첫 시집이 포괄하는 시 세계는 넓고 깊다. 시인은 "나" "어머니" "장모" "처 외숙모" "할머니" "아내" 등 다양한 인물에 주목한다. 그는 또한 "비닐봉지 하나" "한 상자 홍시" "커피콩" "돼지고기 두루치기" 등 다채로운 사물을 다룬다. 김승필은 "고통"이나 "희망" "기다림"이나 "시간" 등 관념적이거나 추상적인 성격을 시적 대상으로 껴안음으로써 자신이 추구하는 시학詩學의 복합성複合性을 완성한다. 시인은 자신의 시와 삶에 결정적인 영향을 끼친 시인, 작가, 평론가, 사상가 등을 소환하고 스스로가 살아가는 시대와 사회의 핵심을 천착한다. 8편의 시를 중심으로 김승필의 시 세계를 구체적으로 확인해 보자.

비닐봉지 하나가 힘없이 떴다, 가까스로
가라앉는다 바닥을 치며 솟구치는 저 비릿한
생 어머니의 다리가 찰칵,
지나간다 금세 홀쭉하다 이 세상에 와서
뭘 버리고 뭘 챙겨야 할지 굽은 등
억눌러, 억눌러 또 버젓이
저 작은 몸에다 힘껏
허공 한 채 심는 중이다

                          —「허공 한 채」 전문

    김승필은 일상의 공간에서 "비닐봉지 하나"라는 소박한 대상을 포착한다. 시인이 포착한 것은 비닐봉지 하나에 국한되지 않는다. 그가 여기에서 주목하려는 다른 하나의 시적 대상은 "어머니"이다. 김승필은 비닐봉지의 유영遊泳에서 "비릿한 생"의 궤적을 바라본다. 그 생 또는 삶의 주체가 어머니라는 시인의 인식은 독자들에게 감동의 순간을 제공할 수 있다. 홀쭉한 다리와 "굽은 등"으로 대표되는 어머니의 "작은 몸"을 "허공 한 채"로 규정하는 그의 네이밍naming은 탁월하다. 시의 본질을 꿰뚫고 있는 이름, 김승필을 기억해야겠다.

고통만 한 희망이 어디 있을까
낙타의 눈은 늘 젖어 있어 따로 울지 않는다, 온몸으로
생의 바닥 칠 때 절창絶唱이 나온다

                        —「고통이 절창이다」 전문

적은 분량으로도 시의 매력을 넉넉하게 보여주는 사례이다. 시인은 여기에서 역설逆說 또는 패러독스paradox를 적극적으로 활용한다. 김승필은 "고통"을 "절창" 또는 "희망"과 연결함으로써 평범한 인식을 거부한다. 그는 고통의 부정성을 긍정성으로 전환함으로써 독자들의 가슴을 뜨겁게 데운다. 시인은 고통을 감내하는 주체로서 "낙타"를 제시한다. "늘 젖어 있"는 "낙타의 눈은" 고통과 슬픔을 암시하지만 동시에 "따로 울지 않는" 낙타의 모습은 "생의 바다"에서도 절창 또는 희망이라는 이름의 긍정성을 건져 올리며 살아가는 우리들의 마음을 보듬기에 충분하고 또한 진한 감동의 메시지를 전달하기에 부족함이 없다.

참꼬막 같은 우이동牛耳洞 독방에 누워
밤새 공포에 떨며
뒤꼍의 우물이 차오르는 소리를 들었다

전남 신안군 안좌면 최호남崔虎男
신안에서 목포로
서울에서 광주로
충북 영동에서 다시 경기 양평으로
평생 물을 끌어안고서
청년은 울고 듣기를 반복했다

반세기가 번뜩 지나간 어느 해 저녁,

집으로 가는 길,
말은 구린내가 진동하는 큰 똥 덩어리에 불과한 일이라며
목포 오거리 길다방에서
英一이와 光南이를 만나
비겁을 매질하며 북항으로 걸어간 사내

눈이 큰 洙暎을 닮은 사내가 더덕북어를 메고
눈 속으로 걸어갈 때
발레리와 릴케를 거쳐
프란츠 파농, 표도르 도스토옙스키, 조지 오웰을 호명하며
아직 붉은 해가 반이나 남았다며
서둘러 퇴근 가방을 챙기며
슬며시 웃는,

갯벌은 철사 빨랫줄처럼
내 눈앞에 길게 펼쳐진다

— 「북항 −詩人 최하림」 전문

이 시에서 주목하는 시적 대상은 "시인 최하림"이다. 김승필은 최하림과 그의 삶을 추억한다. 독자들은 이 작품을 읽으며 최하림의 본명이 "최호남"임을 알게 된다. 그뿐만이 아니다. 독자들은 또한 최하림 시인의 고향이 "전남 신안군 안좌면"임을 알 수 있고, 그가 "신안" "목포" "서울" "광주" "충북 영동" "경기 양평" 등에서 삶을 영위했음을 깨닫는다. 김승필의 이 시는 시인 최하림의

삶과 그의 시 세계 형성에 커다란 기여를 한 인물들을 아우른다. 3연 4행~3연 6행은 "목포 오거리 길다방에서/ 英一이와 光南이를 만나/ 비겁을 매질하며 북항으로 걸어간 사내"라는 어구로 제시되는데 우리의 눈길은 "英一이"와 "光南이"에 꽂힌다. 독자들은 여기에 등장하는 "英一이"가 전남 목포가 고향인 시인 김지하의 본명이고 "光南이"는 전남 진도가 고향인 문학평론가 김현의 본명임에 유의해야겠다. 1939년생인 최하림은 1941년생인 김지하, 1942년생인 김현 등과 어울리면서 삶과 시의 길을 모색하고, 사회와 시대의 길을 성찰하며 용감하게 걸어갈 수 있었을 테다. 김승필은 4연에서 최하림의 독서 체험을 구체적으로 밝히고 있다. "눈이 큰 洙暎" "발레리" "릴케" "프란츠 파농" "표도르 도스토옙스키" "조지 오웰" 등은 최하림에게 영향을 준 국내외 시인, 작가, 사상가를 가리킨다. 끝으로 여기에 제시되는 "눈이 큰 洙暎"은 시인 김수영임을 밝혀 둔다.

처갓집 건너 옥상의 숭어 꾸덕꾸덕 말라가는 중이다

추석 명절 하두댁과 둑실댁이 마루에 걸터앉아
치매에 걸린 무림댁
엊그제 세상 줄 놓은 창산댁
췌장암과 투병 중인 도돌이댁
지금 옆에 없는,

생의 모래시계가 자꾸 줄어든 이들과
마음의 그늘 핑계 삼아 이야기꽃을 피우고 있다

뚝배기에 담긴 인생이 참, 뜨겁다

하두댁은 울 장모이고, 둑실댁은 처 외숙모이다
— 「끝말잇기」 전문

"끝말잇기"는 한 사람이 한 낱말을 말하면 다음 사람
이 그 말의 끝음절을 첫음절로 하는 낱말을 불러 이어
가는 낱말놀이의 하나이다. 시인이 '끝말잇기'를 작품의
제목으로 삼은 까닭은 무엇일까? 김승필의 이 시는 "처
갓집"을 배경으로 "하두댁"과 "둑실댁"이라는 이름의 인
물들에 의해 펼쳐진다. "울 장모"인 하두댁과 "처 외숙
모"인 둑실댁은 "추석 명절"을 맞아 "이야기꽃을 피우고
있다" 시인은 이야기를 주고받는 두 인물의 상황을 '끝말
잇기'로 규정했을 가능성이 높다. 이 시의 강점은 '이야
기꽃'의 콘텐츠contents와 무관하지 않다. 거기에는 "치매
에 걸린 무림댁"과 "엊그제 세상 줄 놓은 창산댁" 그리고
"췌장암과 투병 중인 도돌이댁" 등이 위치한다. 이 세상
과 이별했거나 이별을 준비하는 이들을 다루는 두 인물
의 이야기꽃은 독자들에게 '생生' 또는 '인생人生'의 의미를
진지하게 생각해 보는 계기로서 작용한다. "뚝배기에 담
긴 인생이 참, 뜨겁다"라는 이 시의 3연은 우리들 각자

의 뜨거운 삶을 열렬히 응원하는 중이다.

　　물들기 전 이 섬을 **빠져나오는** 저 사람들 몸동작이 느릿
하다
　　본섬에서 가장 멀리 떨어져 한 해 넘어 두 해 넘어 눈이
나 감으면 잊을까 맹골수도孟骨水道에 남편 갖다 바치고 아
들 소식 끊긴 지 석 삼 년이라
　　다리도 아프고 숨도 차고 모진 목숨 아니 죽고 살려니
고생이라 비빌 언덕도 없이 격랑激浪을 건너고 또 건너,
　　동춘서커스단 단역처럼 내내 말 없다 쿵, 등짐 부리며
저 할머니 "몸써리난다 몸써리나, 참말로" 정녕
　　바람 속에는 이 세상을 살다간 사람들의 목소리가 살고
있구나, 마음은 죽어도 몸은 죽을 수 없는 할머니 넷

—「미역섬」 전문

　　우리나라에는 "미역섬"이라는 이름으로 불리는 섬들
이 꽤 있다. 전라남도 완도군 보길면의 '미역섬'이 있고
제주도 제주시 추자면의 '미역섬'도 있으며 전라남도 진
도군 조도면의 '미역섬' 역시 알려져 있다. 김승필이 이
번에 주목하는 미역섬은 진도군 조도면에 위치하고 '곽
도'라는 이름으로도 불리며 '맹골도' '죽도'와 함께 '맹골
군도'를 형성한다. 시인은 구체적으로 미역섬에 거주하
는 "할머니 넷"에 주목한다. 그가 할머니들을 향해 집중
하는 까닭은 그들의 삶이 보여주는 핍진성逼眞性과 무관
하지 않다. 그네는 "맹골수도孟骨水道에 남편 갖다 바치고

116

아들 소식 끊긴 지 석 삼 년"이기 때문이다. 그네는 또한 "다리도 아프고 숨도 차고 모진 목숨 아니 죽고 살려니 고생이"기 때문이다. 독자들은 이 시를 읽으며 "비빌 언덕도 없이 격랑激浪을 건너"는 신산한 삶을 생생하게 목격한다. 김승필은 "마음은 죽어도 몸은 죽을 수 없는 할머니 넷"의 절박한 "목소리" 또는 절규를 우리에게 들려준다. '몸써리난다 몸써리나, 참말로'라는 음성에 담긴 그녀들의 고통을 누가 위로할 수 있을까?

아무도 없는 현관에 불이 켜진다

택배를 받은 다음 날부터 하나둘
대봉이 무르기 시작한다
하염없이

건들면 터질 것 같은
저 야윈 실핏줄들

자고 일어나면
또 몇 개씩 물러 있다

덜 익은 곳을 걷어내고
끈적한 손으로 무른 곳을
먹어치운다

한 상자 홍시를
단번에 해치우겠다는 것은 욕심

세상일도 기다림이 아니고야
속울음 삼킬 수 없다는
생각

이제 막 동안거를 끝낸 스님들
우르르 우르르
하산하는 중이다
—「홍시와 사귀다」 전문

시인은 지금 "홍시"에 집중한다. "대봉大峯"이라고도 불리는 '홍시紅柿'는 완전히 익어서 물렁물렁한 감으로서 당도가 높고 맛이 좋다. 김승필은 누군가로부터 홍시 한 상자를 택배로 받았을 테다. 그는 "택배를 받은 다음날부터 하나둘/ 대봉이 무르기 시작한다"라는 현상에 주목한다. 달고 맛있는 홍시가 나날이 무르는 현실 앞에서 시인은 조바심을 느꼈을 수 있다. 다행스럽게도 김승필은 "한 상자 홍시를/ 단번에 해치우겠다는 욕심" 또는 욕망을 누그러뜨린다. "기다림"의 미덕을 깨달은 것이다. 홍시가 무르는데도 기다림이 필요하고, "아무도 없는 현관에 불이 켜"질 때도 기다림이 필요하다. 또한 스님들이 하산하기 위해서도 동안거라는 이름의 기다림이 필요하다. 우리는 이 시를 읽으며 '홍시와 사귀는 방법'을,

세상을 살아가는 이치를 배울 수 있다.

천국보다 가까운 플로레스 와래보 마을 망가라이족이 일
일이 손으로 따낸 화산지대에서 자란 커피콩도 한 시간 남
짓 살이 벗겨지는 햇볕을 받아야 진정한 향을 품을 수 있
다 골목길 꼬불꼬불한 저 끝, 쌀 한 톨만 한 하루가 저당
잡힌 채 익어가고 있다 대단한 소화력이다 기실 무슨 일이
든 시간을 따박따박 쟁여 두는 것, 천국으로 난 길이 시퍼
렇게 아가리를 벌리고 있다

내가 엎질러놓은 진경珍景 내가 엎질러놓은 진경珍景
—「진경珍景」 전문

이 시의 독자들 중에는 "플로레스 와래보 마을"이나
"망가리아족"에 대한 정보가 부족한 이들도 적지 않을
게다. 불행 중 다행으로 '마을'이나 '종족'의 정보가 부족
하다고 해도 작품의 핵심을 파악하는 데에는 큰 문제가
없다. 김승필이 집중하는 플로레스 와래보 마을은 "천
국"과 다름없는 공간이다. 시인은 "망가리아족이 일일이
손으로 따낸 화산지대에서 자란 커피콩"에서 "진정한
향"을 발견한다. 그는 커피콩이 진정한 향을 머금으려면
"한 시간 남짓 살이 벗겨지는 햇볕을 받아야" 한다는 사
실을 간파한다. 김승필은 우리에게 고통의 시간을 인내
하면서 기다릴 때, 비로소 아름다운 열매를 맺을 수 있
음을 알려준다. "무슨 일이든 시간을 따박따박 쟁여 두

는" 일이 긴요하다는 시인의 인식은 기다림의 중요성과 연결된다. 우리는 이제 "내가 엎질러놓은 진경珍景"을 관찰하기 위해서 시간을 아끼고 기다려야 한다.

코로나19, KF94 마스크, 사회적 거리 두기
콜센터, 줌바댄스, 신천지, 팬데믹, 재난기본소득……

나는 양치질을 먼저 하고 샤워를 하는데
아내는 샤워를 먼저 하고 양치질을 한다
때로는 생각 없이 사는 게 더 좋을 수도 있다

지금 내게 단 하루만 주어진다면
둥근 밥상에 김치 숭덩숭덩 썰어 올린
돼지고기 두루치기와 대면하리

습관이라는 건
시간을 순서대로 배열하고 통합하면서
생활 리듬과 양식을 따박따박 쟁여가는 것

착한 습관의 힘 앞에
햇살 엎질러진 세상도 잠시 잠깐
몸에 밴 오랜 시간의 흔적
언제 돌아갈 수 있을까

　　　　　　　　　　　　　　　　—「습관의 힘」전문

시대와 사회를 성찰할 수 있는 기회를 제공하는 시가 여기에 있다. 1연에 제시되는 "코로나19, KF94 마스크, 사회적 거리두기/ 콜센터, 줌바댄스, 신천지, 팬데믹, 재난기본소득" 등의 어휘는 2020년 이후 2021년에도 지속되는 우리 사회의 화두를 보여준다. 김승필은 시대와 사회의 화두와 더불어 시적 화자 '나'의 습관을 제시한다. 시인은 "둥근 밥상에 김치 숭덩숭덩 썰어 올린/ 돼지고기 두루치기"라는 일상의 구체성을 형상화함으로써 '나'의 삶을, '아내'의 삶을, '우리'의 삶을 그리고 있다. 김승필은 "습관의 힘"을 시간의 가치로 해석한다. 그는 "몸에 밴 오랜 시간의 흔적"으로의 복귀를 꿈꾼다. 시인은 '코로나19' 이전의 시간으로 돌아가서 "생활 리듬과 양식을" 회복하기를 기대한다. 우리는 언제쯤 "생각 없이 사는 게 더 좋을 수도 있다"라는, 습관이 자연스럽게 작동하는 시간으로 돌아갈 수 있을까? 찬찬히 기다려볼 일이다.

김승필의 첫 시집을 살피었다. 시인은 다양한 주제를 신선한 형식과 낯선 스타일에 담아서 형상화하였다. 이 글은 그의 시 세계를 대표하는 핵심어로서 '시간'과 '기다림'을 선택하였다. 「진경珍景」과 「습관의 힘」에는 '시간'이 등장하고 「홍시와 사귀다」에는 '기다림'이 제시된다. 우리는 김승필의 시 세계에서 긴요한 역할을 담당하는 시간과 기다림을 어떻게 이해해야 할까?

영국의 퀘이커교 지도자이자 종교의 자유 옹호자인 윌

리엄 펜William Penn에 따르면 "시간은 우리가 가장 원하는 것이지만 우리는 그것을 형편없이 사용한다.(Time is what we want most, but what we use worst.)" 또한 프랑스 르네상스 문학의 대표 작가이자 지식인인 프랑수아 라블레Francois Rabelais는 "기다릴 수 있는 자에게만 모든 것이 찾아올 것이다.(Everything comes in time to those who can wait.)"라고 이야기했다. 윌리엄 펜의 언급처럼 '시간'은, 매우 소중한 대상이지만 그것을 적절하게 사용하는 일은 결코 쉽지 않을 테다. 시간을 효과적으로 사용하기 위한 조언을 우리는 프랑수아 라블레의 언급에서 얻을 수 있다. 그것은 바로 기다림이다. 김승필의 첫 시집이 독자들에게 전달하는 메시지는 시간의 의미와 기다림의 가치를 온전히 깨닫는 일과 다르지 않다. 시인이 걸어갈 앞으로의 시적 행보에 거는 우리들의 기대가 점점 커지는 것은 자연스러운 일이다.

황금알 시인선